HÉSIODE ÉDITIONS

THÉOPHILE GAUTIER

Onuphrius

Hésiode éditions

© Hésiode éditions.

22 rue Gabrielle Josserand - 93500 Pantin.
ISBN 978-2-38512-218-8
Dépôt légal : Novembre 2023

Impression Books on Demand GmbH

In de Tarpen 42
22848 Norderstedt, Allemagne

Onuphrius

– Kling, kling, kling ! – Pas de réponse. – Est-ce qu'il n'y serait pas ? dit la jeune fille.

Elle tira une seconde fois le cordon de la sonnette ; aucun bruit ne se fit entendre dans l'appartement : il n'y avait personne.

– C'est étrange !

Elle se mordit la lèvre, une rougeur de dépit passa de sa joue à son front ; elle se mit à descendre les escaliers un à un, bien lentement, comme à regret, retournant la tête pour voir si la porte fatale s'ouvrait. – Rien.

Au détour de la rue, elle aperçut de loin Onuphrius, qui marchait du côté du soleil, avec l'air le plus inoccupé du monde, s'arrêtant à chaque carreau, regardant les chiens se battre et les polissons jouer au palet, lisant les inscriptions de la muraille, épelant les enseignes, comme un homme qui a une heure devant lui et n'a aucun besoin de se presser.

Quand il fut auprès d'elle, l'ébahissement lui fit écarquiller les prunelles : il ne comptait guère la trouver là.

– Quoi c'est vous, déjà ! – Quelle heure est-il donc ?

– Déjà ! le mot est galant. Quant à l'heure, vous devriez la savoir, et ce n'est guère à moi à vous l'apprendre, répondit d'un ton boudeur la jeune fille, tout en prenant son bras ; il est onze heures et demie.

– Impossible, fit Onuphrius. Je viens de passer devant Saint-Paul, il n'était que dix heures ; il n'y a pas cinq minutes j'en mettrais la main au feu ; je parie.

– Ne mettez rien du tout et ne pariez pas, vous perdriez.

Onuphrius s'entêta ; comme l'Église n'était qu'à une cinquantaine de pas, Jacintha, pour le convaincre, voulut bien aller jusque-là avec lui. Onuphrius était triomphant. Quand ils furent devant le portail : – Eh bien ! lui dit Jacintha.

On eût mis le soleil ou la lune en place du cadran qu'il n'eût pas été plus stupéfait. Il était onze heures et demie passées ; il tira son lorgnon, en essuya le verre avec son mouchoir, se frotta les yeux pour s'éclaircir la vue ; l'aiguille aînée allait rejoindre sa petite sœur sur l'X de midi.

– Midi ! murmura-t-il entre ses dents ; il faut que quelque diablotin se soit amusé à pousser ces aiguilles ; c'est bien dix heures que j'ai vu !

Jacintha était bonne ; elle n'insista pas, et reprit avec lui le chemin de son atelier, car Onuphrius était peintre, et, en ce moment, faisait son portrait. Elle s'assit dans la pose convenue. Onuphrius alla chercher sa toile, qui était tournée au mur, et la mit sur son chevalet.

Au-dessus de la petite bouche de Jacintha, une main inconnue avait dessiné une paire de moustaches qui eussent fait honneur à un tambour-major, La colère de notre artiste, en voyant son esquisse ainsi barbouillée, n'est pas difficile à imaginer ; il aurait crevé la toile sans les exhortations de Jacintha. Il effaça donc comme il put ces insignes virils, non sans jurer plus d'une fois après le drôle qui avait fait cette belle équipée ; mais, quand il voulut se remettre à peindre, ses pinceaux, quoiqu'il les eût trempés dans l'huile, étaient si roides et si hérissés, qu'il ne put s'en servir. Il fut obligé d'en envoyer chercher d'autres : en attendant qu'ils fussent arrivés, il se mit à faire sur sa palette plusieurs tons qui lui manquaient.

Autre tribulation. Les vessies étaient dures comme si elles eussent renfermé des balles de plomb ; il avait beau les presser, il ne pouvait en faire sortir la couleur ; ou bien elles éclataient tout d'un coup comme de petites bombes, crachant à droite, à gauche, l'ocre, la laque ou le bitume.

S'il eut été seul, je crois qu'en dépit du premier commandement du Décalogue, il aurait attesté le nom du Seigneur plus d'une fois. Il se contint, les pinceaux arrivèrent, il se mit à l'œuvre ; pendant une heure environ tout alla bien.

Le sang commençait à courir sous les chairs, les contours se dessinaient, les formes se modelaient, la lumière se débrouillait de l'ombre, une moitié de la toile vivait déjà.

Les yeux surtout étaient admirables ; l'arc des sourcils était parfaitement bien indiqué, et se fondait moelleusement vers les tempes en tons bleuâtres et veloutés ; l'ombre des cils adoucissait merveilleusement bien l'éclatante blancheur de la cornée, la prunelle regardait bien, l'iris et la pupille ne laissaient rien à désirer ; il n'y manquait plus que ce petit diamant de lumière, cette paillette de jour que les peintres nomment point visuel.

Pour l'enchâsser dans son disque de jais (Jacintha avait les yeux noirs), il prit le plus fin, le plus mignon de ses pinceaux, trois poils pris à la queue d'une martre zibeline.

Il le trempa vers le sommet de sa palette dans le blanc d'argent qui s'élevait, à côté des ocres et des terres de Sienne, comme un piton couvert de neige à côté de rochers noirs.

Vous eussiez dit, à voir trembler le point brillant au bout du pinceau, une gouttelette de rosée au bout d'une aiguille ; il allait le déposer sur la prunelle, quand un coup violent dans le coude fit dévier sa main, porter le point blanc dans les sourcils, et traîner le parement de son habit sur la joue encore fraîche qu'il venait de terminer. Il se détourna si brusquement à cette nouvelle catastrophe, que son escabeau roula à dix pas. Il ne vit personne. Si quelqu'un se fût trouvé là par hasard, il l'aurait certainement tué.

— C'est vraiment inconcevable ! dit-il en lui-même tout troublé ; Jacintha, je ne me sens pas en train ; nous ne ferons plus rien aujourd'hui.

Jacintha, se leva pour sortir.

Onuphrius voulut la retenir ; il lui passa le bras autour du corps. La robe de Jacintha était blanche ; les doigts d'Onuphrius, qui n'avait pas songé à les essuyer, y firent un arc-en-ciel.

— Maladroit ! dit la petite, comme vous m'avez arrangée ! et ma tante qui ne veut pas que je vienne vous voir seule, qu'est-ce qu'elle va dire ?

— Tu changeras de robe, elle n'en verra rien.

Et il l'embrassa. Jacintha ne s'y opposa pas.

— Que faites-vous demain ? dit-elle après un silence.

— Moi, rien et vous ?

— Je vais dîner avec ma tante chez le vieux M. de *** que vous connaissez, et j'y passerai peut-être la soirée.

— J'y serai, dit Onuphrius ; vous pouvez compter sur moi.

— Ne venez pas plus tard que six heures ; vous savez, ma tante est poltronne, et si nous ne trouvons pas chez M. de *** quelque galant chevalier pour nous reconduire, elle s'en ira avant la nuit tombée.

— Bon, j'y serai cinq. À demain, Jacintha, à demain.

Et il se penchait sur la rampe pour regarder la svelte jeune fille qui s'en allait. Les derniers plis de sa robe disparurent sous l'arcade, et il rentra.

Avant d'aller plus loin, quelques mots sur Onuphrius. C'était un jeune homme de vingt à vingt-deux ans, quoique au premier abord il parût en avoir davantage. On distinguait ensuite à travers ses traits blêmes et fatigués quelque chose d'enfantin et de peu arrêté, quelques formes de transition de l'adolescence à la virilité. Ainsi tout le haut de la tête était grave et réfléchi comme un front de vieillard, tandis que la bouche était à peine noircie à ses coins d'une ombre bleuâtre, et qu'un sourire jeune errait sur deux lèvres d'un rose assez vif qui contrastait étrangement avec la pâleur des joues et du reste de la physionomie.

Ainsi fait, Onuphrius ne pouvait manquer d'avoir l'air assez singulier, mais sa bizarrerie naturelle était encore augmentée par sa mise et sa coiffure. Ses cheveux, séparés sur le front comme des cheveux de femme, descendaient symétriquement le long de ses tempes jusqu'à ses épaules, sans frisure aucune, aplatis et lustrés à la mode gothique, comme on en voit aux anges de Giotto et de Cimabuë. Une ample simarre de couleur obscure tombait à plis roides et droits autour de son corps souple et mince, d'une manière toute dantesque. Il est vrai de dire qu'il ne sortait pas encore avec ce costume ; mais c'était la hardiesse plutôt que l'envie qui lui manquait ; car je n'ai pas besoin de vous le dire, Onuphrius était Jeune-France et romantique forcené.

Dans la rue, et il n'y allait pas souvent, pour ne pas être obligé de se souiller de l'ignoble accoutrement bourgeois, ses mouvements étaient heurtés, saccadés ; ses gestes anguleux, comme s'ils eussent été produits par des ressorts d'acier ; sa démarche incertaine, entrecoupée d'élans subits, de zigzags, ou suspendue tout à coup ; ce qui, aux yeux de bien des gens, le faisait passer pour un fou ou du moins pour un original, ce qui ne vaut guère mieux.

Onuphrius ne l'ignorait pas, et c'était peut-être ce qui lui faisait éviter ce qu'on nomme le monde et donnait à sa conversation un ton d'humeur et de causticité qui ne ressemblait pas mal à de la vengeance ; aussi, quand il était forcé de sortir de sa retraite, n'importe pour quel motif, il apportait dans la société une gaucherie sans timidité, une absence de toute forme, convenue, un dédain si parfait de ce qu'on y admire, qu'au bout de quelques minutes, avec trois ou quatre syllabes, il avait trouvé moyen de se faire une meute d'ennemis acharnés.

Ce n'est pas qu'il ne fût très-aimable lorsqu'il vouait, mais il ne le voulait pas souvent, et il répondait à ses amis qui lui en faisaient des reproches : À quoi bon ? Car il avait des amis ; pas beaucoup, deux ou trois au plus, mais qui l'aimaient de tout l'amour que lui refusaient les autres, qui l'aimaient comme des gens qui ont une injustice à réparer. – À quoi bon ? ceux qui sont dignes de moi et me comprennent ne s'arrêtent pas à cette écorce noueuse : ils savent que la perle est cachée dans une coquille grossière ; les sots qui ne savent pas sont rebutés et s'éloignent : où est le mal ? Pour un fou, ce n'était pas trop mal raisonné.

Onuphrius, comme je l'ai déjà dit, était peintre, il était de plus poëte ; il n'y avait guère moyen que sa cervelle en réchappât, et ce qui n'avait pas peu contribué à l'entretenir dans cette exaltation fébrile, dont Jacintha n'était pas toujours maîtresse, c'étaient ses lectures. Il ne lisait que des légendes merveilleuses et d'anciens romans de chevalerie, des poésies mystiques, des traités de cabale, des ballades allemandes, des livres de sorcellerie et de démonographie ; avec cela il se faisait, au milieu du monde réel bourdonnant autour de lui, un monde d'extase et de vision où il était donné à bien peu d'entrer. Du détail le plus commun et le plus positif, par l'habitude qu'il avait de chercher le côté surnaturel, il savait faire jaillir quelque chose de fantastique et d'inattendu. Vous l'auriez mis dans une chambre carrée et blanchie à la chaux sur toutes ses parois, et vitrée de carreaux dépolis, il aurait été capable de voir quelque apparition étrange tout aussi bien que dans un intérieur de Rembrandt inondé d'ombres et illuminé de fauves lueurs, tant les yeux de son âme et de son corps avaient la faculté de déranger les lignes les plus droites et de rendre compliquées les choses les plus simples, à peu près comme les miroirs courbes ou à facettes qui trahissent les objets qui leur sont présentés, et les font paraître grotesques ou terribles.

Aussi Hoffmann et Jean-Paul le trouvèrent admirablement disposé ; ils achevèrent à eux deux ce que les légendaires avaient commencé. L'imagination d'Onuphrius s'échauffa et se déprava de plus en plus, ses compositions peintes et écrites s'en ressentirent, la griffe ou la queue du diable y perçait toujours par quelque endroit, et sur la toile, à côté de la tête suave et pure de Jacintha, grimaçait fatalement quelle figure monstrueuse, fille de son cerveau en délire.

Il y avait deux ans qu'il avait fait la connaissance de Jacintha, et c'était à une époque de sa vie où il était si malheureux, que je ne souhaiterais pas d'autre supplice à mon plus fier ennemi ; il était dans cette situation atroce où se trouve tout homme qui a inventé quelque chose et qui ne rencontre personne pour y croire. Jacintha crut à ce qu'il disait sur sa parole, car l'œuvre était encore en lui, et il l'aima comme Christophe Colomb dut aimer le premier qui ne lui rit pas au nez lorsqu'il parla du nouveau monde qu'il avait deviné. Jacintha l'aimait comme une mère aime son fils, et il se mêlait à son amour une pitié profonde ; car, elle exceptée, qui l'aurait aimé comme il fallait qu'il le fût ?

Qui l'eût consolé dans ses malheurs imaginaires, les seuls réels pour lui, qui ne vivait que d'imaginations ? Qui l'eût rassuré, soutenu, exhorté ? Qui eût calmé cette exaltation maladive qui touchait à la folie par plus d'un point, en la partageant plutôt qu'en la combattant ? Personne, à coup sûr.

Et puis lui dire de quelle manière il pourrait la voir, lui donner elle-même les rendez-vous, lui faire mille de ces avances que le monde condamne, l'embrasser de son propre mouvement, lui en fournir l'occasion quand elle la lui voyait chercher, une coquette ne l'eût pas fait ; mais elle savait combien tout cela coûtait au pauvre Onuphrius, et elle lui en épargnait la peine.

Aussi peu accoutumé qu'il était à vivre de la vie réelle, il ne savait comment s'y prendre pour mettre son idée en action, et il se faisait des monstres de la moindre chose.

Ses longues méditations, ses voyages dans les mondes métaphysiques ne lui avaient pas laissé le temps de s'occuper de celui-ci. Sa tête avait trente ans, son corps avait six mois ; il avait si totalement négligé de dresser sa bête, que, si Jacintha et ses amis n'eussent pris soin de la diriger, elle eût commis d'étranges bévues. En un mot, il fallait vivre pour lui, il lui fallait un intendant pour son corps, comme il en faut aux grands seigneurs pour leurs terres.

Puis, je n'ose l'avouer qu'en tremblant, dans ce siècle d'incrédulité, cela pourrait faire passer mon pauvre ami pour un imbécile : il avait peur. De quoi ? Je vous le donne à deviner en cent ; il avait peur du diable, des revenants, des esprits et de mille autres billevesées ; du reste, il se moquait d'un homme, et de deux, comme vous d'un fantôme.

Le soir il ne se fût pas regardé dans une glace pour un empire, de peur d'y voir autre chose que sa propre figure ; il n'eût pas fourré sa main sous son lit pour y prendre ses pantoufles ou quelque autre ustensile, parce qu'il craignait qu'une main froide et moite ne vînt au-devant de la sienne, et ne l'attirât dans la ruelle ; ni jeté les yeux dans les encoignures sombres, tremblant d'y apercevoir de petites têtes de vieilles ratatinées emmanchées sur des manches à balai.

Quand il était seul dans son grand atelier, il voyait tourner autour de lui une ronde fantastique, le conseiller Tusmann, le docteur Tabraccio, le digne Peregrinus Tyss, Crespel avec son violon et sa fille Antonia, l'inconnue de la maison déserte et toute la famille étrange du château de Bohême ; c'était un sabbat complet, et il ne se fût pas fait prier pour avoir peur de son chat comme d'un autre Murr.

Dès que Jacintha fut partie, il s'assit devant sa toile, et se prit à réfléchir sur ce qu'il appelait les événements de la matinée. Le cadran de Saint-Paul, les moustaches, les pinceaux durcis, les vessies crevées, et surtout le point visuel, tout cela se représenta à sa mémoire avec un air fantastique et surnaturel ; il se creusa la tête pour y trouver une explication plausible ; il bâtit là-dessus un volume in-octavo de suppositions les plus extravagantes, les plus invraisemblables qui soient jamais entrées dans un cerveau malade. Après avoir longtemps cherché, ce qu'il rencontra de mieux, c'est que la chose était tout à fait inexplicable… à moins que ce ne fût le diable en personne… Cette idée, dont il se moqua d'abord lui-même, prit racine dans son esprit, et lui semblant moins ridicule à mesure qu'il se familiarisait avec elle, il finit par en être convaincu.

Qu'y avait-il au fond de déraisonnable dans cette supposition ? L'existence du diable est prouvée par les autorités les plus respectables, tout comme celle de Dieu. C'est même un article de foi, et Onuphrius, pour s'empêcher d'en douter, compulsa sur les registres de sa vaste mémoire tous les endroits des auteurs profanes ou sacrés dans lesquels on traite de cette matière importante.

Le diable rôde autour de l'homme ; Jésus lui-même n'a pas été à l'abri de ses embûches ; la tentation de saint Antoine est populaire ; Martin Luther fut aussi tourmenté par Satan, et, pour s'en débarrasser, fut obligé de lui jeter son écritoire à la tête. On voit encore la tache d'encre sur le mur de la cellule.

Il se rappela toutes les histoires d'obsessions, depuis le possédé de la Bible jusqu'aux religieuses de Loudun ; tous les livres de sorcellerie qu'il avait lus : Bodin, Delrio, Le Loyer, Bordelon, le Monde invisible de Bekker, l'Infernalia, les Farfadets de M. de Berbiguier de Terre-Neuve du Thym, le Grand et le Petit Albert, et tout ce qui lui parut obscur devint clair comme le jour : c'était le diable qui avait fait avancer l'aiguille, qui avait mis des moustaches à son portrait, changé le crin de ses brosses en fil d'archal et rempli ses vessies de poudre fulminante. Le coup dans le coude s'expliquait tout naturellement ; mais quel intérêt Belzébuth pouvait-il avoir à le persécuter ? Était-ce pour avoir son âme ? çe n'est pas la manière dont il s'y prend ; enfin il se rappela qu'il avait fait, il n'y a pas bien longtemps, un tableau de saint Dunstan tenant le Diable par le nez avec des pincettes rouges ; il ne douta pas que ce ne fût pour avoir été représenté par lui dans une position aussi humiliante que le diable lui faisait ces petites niches. Le jour tombait, de longues ombres bizarres se découpaient sur le plancher de l'atelier. Cette idée grandissant dans sa tête, le frisson commençait à lui courir le long du dos, et la peur l'aurait bientôt pris, si un de ses amis n'eût fait, en entrant, diversion à toutes ses visions cornues. Il sortit avec lui, et comme personne au monde n'était plus impressionnable, et que son ami était gai, un essaim de pensées folâtres eut bientôt chassé ces rêveries lugubres. Il oublia totalement ce qui était arrivé, ou, s'il s'en ressouvenait, il riait tout bas en lui-même. Le lendemain il se remit à l'œuvre. Il travailla trois ou quatre heures avec acharnement. Quoique Jacintha fût absente, ses traits étaient si profondément gravés dans son cœur, qu'il n'avait pas besoin d'elle pour terminer son portrait. Il était presque fini, il n'y avait plus que deux ou trois dernières touches à poser, et la signature à mettre, quand une petite peluche, qui dansait avec ses frères les atomes dans un beau rayon jaune, par une fantaisie inexplicable, quitta tout à coup sa lumineuse salle de bal, se dirigea en se dandinant vers la toile d'Onuphrius, et vint s'abattre sur un rehaut, qu'il venait de poser.

Onuphrius retourna son pinceau, et avec le manche, l'enleva le plus délicatement possible. Cependant il ne put le faire si légèrement qu'il ne découvrît le champ de la toile en emportant un peu de couleur. Il refit une teinte pour réparer le dommage : la teinte était trop foncée, et faisait tache ; il ne put rétablir l'harmonie qu'en remaniant tout le morceau mais, en le faisant, il perdit son contour, et le nez devint aquilin, de presque à la Roxelane qu'il était, ce qui changea tout à fait le caractère de la tête ; ce n'était plus Jacintha, mais bien une de ses amies avec qui elle s'était brouillée, parce qu'Onuhrius la trouvait jolie.

L'idée du Diable revint à Onuphrius à cette métamorphose étrange ; mais, en regardant plus attentivement, il vit que ce n'était qu'un jeu de son imagination, et comme la journée s'avançait, il se leva et sortit pour rejoindre sa maîtresse chez M. de ***. Le cheval allait comme le vent bientôt Onuphrius vit poindre au dos de la colline la maison de M. de *** blanche entre les marronniers. Comme la grande route faisait un détour, il la quitta pour un chemin de traverse, un chemin creux qu'il connaissait très-bien, où tout enfant il venait cueillir des mûres et chasser aux hannetons.

Il était à peu près au milieu quand il se trouva derrière une charrette à foin, que les détours du sentier l'avaient empêché d'apercevoir. Le chemin était si étroit, la charrette si large, qu'il était impossible de passer devant : il remit son cheval au pas, espérant que la route, en s'élargissant, lui permettrait un peu plus loin de le faire. Son espérance fut trompée ; c'était comme un mur qui reculait imperceptiblement. Il voulut retourner sur ses pas, une autre charrette de foin le suivait par derrière et le faisait prisonnier. Il eut un instant la pensée d'escalader les bords du ravin, mais ils étaient à pic et couronnés d'une haie vive ; il fallut donc se résigner : le temps coulait, les minutes lui semblaient des éternités, sa fureur était au comble, ses artères palpitaient, son front était perlé de sueur.

Une horloge à la voix fêlée, celle du village voisin, sonna six heures ; aussitôt qu'elle eut fini, celle du château, dans un ton différent, sonna à son tour ; puis une autre, puis une autre encore toutes les horloges de la banlieue d'abord successivement, ensuite toutes à la fois. C'était un tutti de cloches, un concerto de timbres flûtés, ronflants, glapissants, criards, un carillon à vous fendre la tête. Les idées d'Onuphrius se confondirent, le vertige le prit. Les clochers s'inclinaient sur le chemin creux pour le regarder passer, ils le montraient au doigt, lui faisaient la nique et lui tendaient par dérision leurs cadrans dont les aiguilles étaient perpendiculaires. Les cloches lui tiraient la langue et lui faisaient la grimace, sonnant toujours les six coups maudits. Cela dura longtemps, six heures sonnèrent ce jour-là jusqu'à sept.

Enfin, la voiture déboucha dans la plaine. Onuphrius enfonça ses éperons dans le ventre de son cheval : le jour tombait, on eût dit que sa monture comprenait combien il lui était important d'arriver. Ses pieds touchaient à peine la terre, et, sans les aigrettes d'étincelles qui jaillissaient de loin en loin de quelque caillou heurté, on eût pu croire qu'elle volait. Bientôt une blanche écume enveloppa comme une housse d'argent son poitrail d'ébène : il était plus de sept heures quand Onuphrius arriva. Jacintha était partie. M. de *** lui fit les plus grandes politesses, se mit à causer littérature avec lui, et finit par lui proposer une partie de dames.

Onuphrius ne put faire autrement que d'accepter, quoique toute espèce de jeux, et en particulier celui-là, l'ennuyât mortellement. On apporta le damier. M. de *** prit les noires, Onuphrius les blanches : la partie commença. Les joueurs étaient à peu près de même force ; il se passa quelque temps avant que la balance penchât d'un côté ou de l'autre.

Tout à coup elle tourna du côté du vieux gentilhomme ; ses pions avançaient avec une inconcevable rapidité, sans qu'Onuphrius, malgré tous les efforts qu'il faisait, pût y apporter aucun obstacle. Préoccupé qu'il était d'idées diaboliques, cela ne lui parut pas naturel ; il redoubla donc d'attention, et finit par découvrir, à côté du doigt dont il se servait pour remuer ses pions, un autre doigt maigre, noueux, terminé par une griffe (que d'abord il avait pris pour l'ombre du sien), qui poussait ses dames sur la ligne blanche, tandis que celles de son adversaire défilaient processionnellement sur la ligne noire. Il devint pâle, ses cheveux se hérissèrent sur sa tête. Cependant il remit ses pions en place, et continua de jouer. Il se persuada que ce n'était que l'ombre, et, pour s'en convaincre, il changea la bougie de place : l'ombre passa de l'autre côté, et se projeta en sens inverse ; mais le doigt à griffe resta ferme à son poste, déplaçant les dames d'Onuphrius, et employant tous les moyens pour le faire perdre.

D'ailleurs, il n'y avait aucun doute à avoir, le doigt était orné d'un gros rubis. Onuphrius n'avait pas de bague.

– Pardieu ! c'est trop fort ! s'écria-t-il en donnant un grand coup de poing dans le damier et en se levant brusquement ; vieux scélérat ! vieux gredin !

M. de ***, qui le connaissait d'enfance et qui attribuait cette algarade au dépit d'avoir perdu, se mit à rire aux éclats et à lui offrir d'ironiques consolations. La colère et la terreur se disputaient l'âme d'Onuphrius : il prit son chapeau et sortit.

La nuit était si noire qu'il fut obligé de mettre son cheval au pas. À peine une étoile passait-elle çà et là le nez hors de sa mantille de nuages ; les arbres de la route avaient l'air de grands spectres tendant les bras ; de temps en temps un feu follet traversait le chemin, le vent ricanait dans les branches d'une façon singulière. L'heure s'avançait, et Onuphrius n'arrivait pas ; cependant les fers de son cheval sonnant sur le pavé montraient qu'il ne s'était pas fourvoyé.

Une rafale déchira le brouillard, la lune reparut : mais, au lieu d'être ronde, elle était ovale. Onuphrius, en la considérant plus attentivement, vit qu'elle avait un serre-tête de taffetas noir, et qu'elle s'était mis de la farine sur les joues ; ses traits se dessinèrent plus distinctement, et il reconnut à n'en pouvoir douter, la figure blême et allongée de son ami intime Jean-Gaspard Debureau, le grand paillasse des Funambules, qui le regardait avec une expression indéfinissable de malice et de bonhomie.

Le ciel clignait aussi ses yeux bleus aux cils d'or, comme s'il eût été d'intelligence ; et, comme à la clarté des étoiles on pouvait distinguer les objets, il entrevit quatre personnages de mauvaise mine, habillés mi-partie rouge et noir, qui portaient quelque chose de blanchâtre par les quatre coins, comme des gens qui changeraient un tapis de place : ils passèrent rapidement à côté de lui, et jetèrent ce qu'ils portaient sous les pieds de son cheval. Onuphrius, malgré sa frayeur, n'eut pas de peine à voir que c'était le chemin qu'il avait déjà parcouru, et que le Diable remettait devant lui pour lui faire pièce. Il piqua des deux ; son cheval fit une ruade et refusa d'avancer autrement qu'au pas ; les quatre démons continuèrent leur manège.

Onuphrius vit que l'un d'eux avait au doigt un rubis pareil à celui du doigt qui l'avait si fort effrayé sur le damier : l'identité du personnage n'était plus douteuse. La terreur d'Onuphrius était si grande, qu'il ne sentait plus, qu'il ne voyait ni n'entendait ; ses dents claquaient comme dans la fièvre, un rire convulsif tordait sa bouche. Une fois, il essaya de dire ses prières et de faire un signe de croix, il ne put en venir à bout. La nuit s'écoula ainsi.

Enfin, une raie bleuâtre se dessina sur le bord du ciel : son cheval huma bruyamment par ses naseaux l'air balsamique du matin, le coq de la ferme voisine fit entendre sa voix grêle et éraillée, les fantômes disparurent, le cheval prit de lui-même le galop, et, au point du jour, Onuphrius se trouva devant la porte de son atelier.

Harassé de fatigue, il se jeta sur un divan et ne tarda pas à s'endormir : son sommeil était agité ; le cauchemar lui avait mis le genou sur l'estomac. Il fit une multitude de rêves incohérents, monstrueux, qui ne contribuèrent pas peu à déranger sa raison déjà ébranlée. En voici un qui l'avait frappé, et qu'il m'a raconté plusieurs fois depuis.

« J'étais dans une chambre qui n'était pas la mienne ni celle d'aucun de mes amis, une chambre où je n'étais jamais venu, et que cependant je connaissais parfaitement bien : les jalousies étaient fermées, les rideaux tirés ; sur la table de nuit une pâle veilleuse jetait sa lueur agonisante. On ne marchait que sur la pointe du pied, le doigt sur la bouche ; des fioles, des tasses encombraient la cheminée. Moi, j'étais au lit comme si j'eusse été malade, et pourtant je ne m'étais jamais mieux porté. Les personnes qui traversaient l'appartement avaient un air triste et affairé qui semblait extraordinaire.

« Jacintha était à la tête de mon lit, qui tenait sa petite main sur mon front, et se penchait vers moi pour écouter si je respirais bien. De temps en temps une larme tombait de ses cils sur mes joues, et elle l'essuyait légèrement avec un baiser.

« Ses larmes me fendaient le cœur, et j'aurais bien voulu la consoler ; mais il m'était impossible de faire le plus petit mouvement, ou d'articuler une seule syllabe : ma langue était clouée à mon palais, mon corps était comme pétrifié.

« Un monsieur vêtu de noir entra, me tâta le pouls, hocha la tête d'un air découragé, et dit tout haut : « C'est fini ! » Alors Jacintha se prit à sangloter, à se tordre les mains, et à donner toutes les démonstrations de la plus violente douleur : tous ceux qui étaient dans la chambre en tirent autant. Ce fut un concert de pleurs et de soupirs à apitoyer un roc.

« J'éprouvais un secret plaisir d'être regretté ainsi. On me présenta une glace devant la bouche ; je fis des efforts prodigieux pour la ternir de mon souffle, afin de montrer que je n'étais pas mort : je ne pus en venir à bout. Après cette épreuve on me jeta le drap par-dessus la tête ; j'étais au désespoir, je voyais bien qu'on me croyait trépassé et que l'on allait m'enterrer tout vivant. Tout le monde sortit : il ne resta qu'un prêtre qui marmotta des prières et qui finit par s'endormir.

« Le croque-mort vint qui me prit mesure d'une bière et d'un linceul ; j'essayai encore de me remuer et de parler, ce fut inutile, un pouvoir invincible m'enchaînait : force me fut de me résigner. Je restai ainsi beaucoup de temps en proie aux plus douloureuses réflexions. Le croque-mort revint avec mes derniers vêtements, les derniers de tout homme, la bière et le linceul : il n'y avait plus qu'à m'en accoutrer.

« Il m'entortilla dans le drap, et se mit à me coudre sans précaution comme quelqu'un qui a hâte d'en finir : la pointe de son aiguille m'entrait dans la peau, et me faisait des milliers de piqûres ; ma situation était insupportable. Quand ce fut fait, un de ses camarades me prit par les pieds, lui par la tête, ils me déposèrent dans la boîte ; elle était un peu juste pour moi, de sorte qu'ils furent obligés de me donner de grands coups sur les genoux pour pouvoir enfoncer le couvercle.

« Ils en vinrent à bout à la fin, et l'on planta le premier clou. Cela faisait un bruit horrible. Le marteau rebondissait sur les planches, et j'en sentais le contre-coup. Tant que l'opération dura, je ne perdis pas tout à fait l'espérance ; mais au dernier clou je me sentis défaillir, mon cœur se serra, car je compris qu'il n'y avait plus rien de commun entre le monde et moi : ce dernier clou me rivait au néant pour toujours. Alors seulement je compris toute l'horreur de ma position.

« On m'emporta ; le roulement sourd des roues m'apprit que j'étais dans le corbillard ; car bien que je ne pusse manifester mon existence d'aucune manière, je n'étais privé d'aucun de mes sens. La voiture s'arrêta, on retira le cercueil. J'étais à l'église, j'entendais parfaitement le chant nasillard des prêtres, et je voyais briller à travers les fentes de la bière la lueur jaune des cierges. La messe finie, on partit pour le cimetière ; quand on me descendit dans la fosse, je ramassai toutes mes forces, et je crois que je parvins à pousser un cri ; mais le fracas de la terre qui roulait sur le cercueil le couvrit entièrement : je me trouvais dans une obscurité palpable et compacte, plus noire que celle de la nuit. Du reste, je ne souffrais pas, corporellement du moins ; quant à mes souffrances morales, il faudrait un volume pour les analyser. L'idée que j'allais mourir de faim ou être mangé aux vers sans pouvoir l'empêcher, se présenta la première ; ensuite je pensai aux événements de la veille, à Jacintha, à mon tableau qui aurait eu tant de succès au Salon, à mon drame qui allait être joué, à une partie que j'avais projetée avec mes camarades, à un habit que mon tailleur devait me rapporter ce jour-là ; que sais-je, moi ? à mille choses dont je n'aurais guère dû m'inquiéter ; puis revenant à Jacintha, je réfléchis sur la manière dont elle s'était conduite ; je repassai chacun de ses gestes, chacune de ses paroles, dans ma mémoire ; je crus me rappeler qu'il y avait quelque chose d'outré et d'affecté dans ses larmes, dont je n'aurais pas dû être la dupe : cela me fit ressouvenir de plusieurs choses que j'avais totalement oubliées ; plusieurs détails auxquels je n'avais pas pris garde, considérés sous un nouveau jour, me parurent d'une haute importance ; des démonstrations que j'aurais juré sincères me semblèrent louches ; il me revint dans l'esprit qu'un jeune homme, un espèce de fat moitié cravate, moitié éperons, lui avait autrefois fait la cour. Un soir, nous jouions ensemble, Jacintha m'avait appelé du nom de ce jeune homme au lieu du mien, signe certain de préoccupation ; d'ailleurs je savais qu'elle en avait parlé favorablement dans le monde à plusieurs reprises, et comme de quelqu'un qui ne lui déplairait pas.

« Cette idée s'empara de moi, ma tête commença à fermenter ; je fis des rapprochements, des suppositions, des interprétations : comme on doit bien le penser, elles ne furent pas favorables à Jacintha. Un sentiment inconnu se glissa dans mon cœur, et m'apprit ce que c'était que souffrir ; je devins horriblement jaloux, et je ne doutai pas que ce ne fût Jacintha qui, de concert avec son amant, ne m'eût fait enterrer tout vif pour se débarrasser de moi. Je pensai que peut-être en ce moment même ils riaient à gorge déployée du succès de leur stratagème, et que Jacintha livrait aux baisers de l'autre cette bouche qui m'avait juré tant de fois n'avoir jamais été touchée par d'autres lèvres que les miennes.

« À cette idée, j'entrai dans une fureur telle que je repris la faculté de me mouvoir ; je fis un soubresaut si violent, que je rompis d'un seul coup les coutures de mon linceul. Quand j'eus les jambes et les bras libres, je donnai de grands coups de coudes et de genoux au couvercle de la bière pour le faire sauter et aller tuer mon infidèle aux bras de son lâche et misérable galant. Sanglante dérision, moi, enterré, je voulais donner la mort ! Le poids énorme de la terre qui pesait sur les planches rendit mes efforts inutiles. Épuisé de fatigue, je retombai dans ma première torpeur, mes articulations s'ossifièrent : de nouveau je redevins cadavre. Mon agitation mentale se calma, je jugeai plus sainement les choses : les souvenirs de tout ce que la jeune femme avait fait pour moi, son dévouement, ses soins qui ne s'étaient jamais démentis, eurent bientôt fait évanouir ces ridicules soupçons.

« Ayant usé tous mes sujets de méditation, et ne sachant comment tuer le temps, je me mis à faire des vers ; dans ma triste situation, ils ne pouvaient pas être fort gais : ceux du nocturne Young et du sépulcral Hervey ne sont que des bouffonneries, comparés à ceux-là. J'y dépeignais les sensations d'un homme conservant sous terre toutes les passions qu'il avait eues dessus, et j'intitulai cette rêverie cadavéreuse : La vie dans la mort. Un beau titre, sur ma foi ! et ce qui me désespérait, c'était de ne pouvoir les réciter à personne.

« J'avais à peine terminé la dernière strophe, que j'entendis piocher avec ardeur au-dessus de ma tête. Un rayon d'espérance illumina ma nuit. Les coups de pioche se rapprochaient rapidement. La joie que je ressentis ne fut pas de longue durée : les coups de pioche cessèrent. Non, l'on ne peut rendre avec des mots humains l'angoisse abominable que j'éprouvai en ce moment ; la mort réelle n'est rien en comparaison. Enfin j'entendis encore du bruit : les fossoyeurs, après s'être reposés, avaient repris leur besogne. J'étais au ciel ; je sentais ma délivrance s'approcher. Le dessus du cercueil sauta. Je sentis l'air froid de la nuit. Cela me fit grand bien, car je commençais à étouffer. Cependant mon immobilité continuait ; quoique vivant, j'avais toutes les apparences d'un mort. Deux hommes me saisirent : voyant les coutures du linceul rompues, ils échangèrent en ricanant quelques plaisanteries grossières, me chargèrent sur leurs épaules et m'emportèrent. Tout en marchant ils chantonnaient à demi-voix des couplets obscènes. Cela me fit penser à la scène des fossoyeurs, dans Hamlet, et je me dis en moi-même que Shakspeare était un bien grand homme.

« Après m'avoir fait passer par bien des ruelles détournées, ils entrèrent dans une maison que je reconnus pour être celle de mon médecin ; c'était lui qui m'avait fait déterrer afin de savoir de quoi j'étais mort. On me déposa sur une table de marbre. Le docteur entra avec une trousse d'instruments ; il les étala complaisamment sur une commode. À la vue de ces scalpels, de ces bistouris, de ces lancettes, de ces scies d'acier luisantes et polies, j'éprouvai une frayeur horrible, car je compris qu'on allait me disséquer ; mon âme, qui jusque-là n'avait pas abandonné mon corps, n'hésita plus à me quitter : au premier coup de scalpel elle était tout à fait dégagée de ses entraves. Elle aimait mieux subir tous les désagréments d'une intelligence dépossédée de ses moyens de manifestation physique, que de partager avec mon corps ces effroyables tortures. D'ailleurs, il n'y avait plus espérance de le conserver, il allait être mis en pièces, et n'aurait pu servir à grand'chose quand même ce déchiquetement ne l'eût pas tué tout de bon. Ne voulant pas assister au dépècement de sa chère enveloppe, mon âme se hâta de sortir.

« Elle traversa rapidement une enfilade de chambres, et se trouva sur l'escalier. Par habitude, je descendis les marches une à une mais j'avais besoin de me retenir, car je me sentais une légèreté merveilleuse. J'avais beau me cramponner au sol, une force invincible m'attirait en haut ; c'était comme si j'eusse été attaché à un ballon gonflé de gaz : la terre fuyait mes pieds, je n'y touchais que par l'extrémité des orteils ; je dis des orteils, car bien que je ne fusse qu'un pur esprit, j'avais conservé le sentiment des membres que je n'avais plus, à peu près comme un amputé qui souffre de son bras ou de sa jambe absente. Lassé de ces efforts pour rester dans une attitude normale, et, du reste, ayant fait réflexion que mon âme immatérielle ne devait pas se voiturer d'un lieu à l'autre par les mêmes procédés que ma misérable guenille de corps, je me laissai faire à cet ascendant, et je commençai à quitter terre sans pourtant m'élever trop, et me maintenant dans la région moyenne. Bientôt je m'enhardis, et je volai tantôt haut, tantôt bas, comme si je n'eusse fait autre chose de ma vie. Il commençait à faire jour : je montai, je montai, regardant aux vitres des mansardes des grisettes qui se levaient et faisaient leur toilette, me servant des cheminées comme de tubes acoustiques pour entendre ce qu'on disait dans les appartements. Je dois dire que je ne vis rien de bien beau, et que je ne recueillis rien de piquant. M'accoutumant à ces façons d'aller, je planai sans crainte dans l'air libre, au-dessus du brouillard, et je considérai de haut cette immense étendue de toits qu'on prendrait pour une mer figée au moment d'une tempête, ce chaos hérissé de tuyaux, de flèches, de dômes, de pignons, baigné de brume et de fumée, si beau, si pittoresque, que je ne regrettai pas d'avoir perdu mon corps. Le Louvre m'apparut blanc et noir, son fleuve à ses pieds, ses jardins verts à l'autre bout. La foule s'y portait ; il y avait exposition : j'entrai. Les murailles flamboyaient diaprées de peintures nouvelles, chamarrées de cadres d'or richement sculptés. Les bourgeois allaient, venaient, se coudoyaient, se marchaient sur les pieds, ouvraient des yeux hébétés, se consultaient les uns les autres comme des gens dont on n'a pas encore fait l'avis, et qui ne savent ce qu'ils doivent penser et dire. Dans la grand'salle, au milieu des tableaux de nos jeunes grands maîtres, Delacroix, Ingres, Decamps, j'aperçus mon tableau, à moi : la foule se serrait autour, c'était un rugissement d'admiration ; ceux qui étaient derrière et ne voyaient rien criaient deux fois plus fort : Prodigieux ! prodigieux ! Mon tableau me sembla à moi-même beaucoup mieux qu'auparavant, et je me sentis saisi d'un profond respect pour ma propre personne. Cependant, à toutes ces formules admiratives se mêlait un nom qui n'était pas le mien ; je vis qu'il y avait là-dessous quelque supercherie. J'examinai la toile avec attention : un nom en petits caractères rouges était écrit à l'un de ses coins. C'était celui d'un de mes amis qui, me voyant mort, ne s'était pas fait scrupule de s'approprier mon œuvre. « Oh ! alors, que je regrettai mon pauvre corps ! Je ne pouvais ni parler, ni écrire ; je n'avais aucun moyen de réclamer ma gloire et de démasquer l'infâme plagiaire. Le cœur navré, je me retirai tristement pour ne pas assister à ce triomphe qui m'était dû. Je voulus voir Jacintha. J'allai chez elle, je ne la trouvai pas je la cherchai vainement dans plusieurs maisons où je pensais qu'elle pourrait être. Ennuyé d'être seul, quoiqu'il fût déjà tard, l'envie me prit d'aller au spectacle ; j'entrai à la Porte-Saint-Martin, je fis réflexion que mon nouvel état avait cela d'agréable que je passais partout sans payer. La pièce finissait, c'était la catastrophe. Dorval, l'œil sanglant, noyée de larmes, les lèvres bleues, les tempes livides, échevelée, à moitié nue, se tordait sur l'avant-scène à deux pas de la rampe. Bocage, fatal et silencieux, se tenait debout dans le fond : tous les mouchoirs étaient en jeu ; les sanglots brisaient les corsets ; un tonnerre d'applaudissements entrecoupait chaque râle de la tragédienne ; le parterre, noir de têtes, houlait comme une mer ; les loges se penchaient sur les galeries, les galeries sur le balcon. La toile tomba : je crus que la salle allait crouler : c'étaient des battements de mains, des trépignements, des hurlements ; or, cette pièce était ma pièce : jugez ! J'étais grand à toucher le plafond. Le rideau se leva, on jeta à cette foule le nom de l'auteur.

« Ce n'était pas le mien, c'était le nom de l'ami qui m'avait déjà volé mon tableau. Les applaudissements redoublèrent. On voulait traîner l'auteur sur le théâtre : le monstre était dans une loge obscure avec Jacintha. Quand on proclama son nom, elle se jeta à son cou, et lui appuya sur la bouche le baiser le plus enragé que jamais femme ait donné à un homme. Plusieurs personnes la virent ; elle ne rougit même pas : elle était si enivrée, si folle et si fière de son succès, qu'elle se serait, je crois, prostituée à lui dans cette loge et devant tout le monde. Plusieurs voix crièrent : Le voilà ! le voilà ! Le drôle prit un air modeste, et salua profondément. Le lustre, qui s'éteignit, mit fin à cette scène. Je n'essayerai pas de décrire ce qui se passait dans moi ; la jalousie, le mépris, l'indignation, se heurtaient dans mon âme ; c'était un orage d'autant plus furieux que je n'avais aucun moyen de le mettre au dehors : la foule s'écoula, je sortis du théâtre ; j'errai quelque temps dans la rue, ne sachant où aller. La promenade ne me réjouissait guère. Il sifflait une bise piquante : ma pauvre âme, frileuse comme l'était mon corps, grelottait et mourait de froid. Je rencontrai une fenêtre ouverte, j'entrai, résolu de gîter dans cette chambre jusqu'au lendemain. La fenêtre se ferma sur moi : j'aperçus assis dans une grande bergère à ramages un personnage des plus singuliers. C'était un grand homme, maigre, sec, poudré à frimas, la figure ridée comme une vieille pomme, une énorme paire de besicles à cheval sur un maître-nez, baisant presque le menton. Une petite estafilade transversale, semblable à une ouverture de tirelire, enfouie sous une infinité de plis et de poils roides comme des soies de sanglier, représentait tant bien que mal ce que nous appellerons une bouche, faute d'autre terme. Un antique habit noir, limé jusqu'à la corde, blanc sur toutes les coutures, une veste d'étoffe changeante, une culotte courte, des bas chinés et des souliers à boucles : voilà pour le costume. À mon arrivée, ce digne personnage se leva, et alla prendre dans une armoire deux brosses faites d'une manière spéciale : je n'en pus deviner d'abord l'usage ; il en prit une dans chaque main, et se mit à parcourir la chambre avec une agilité surprenante comme s'il poursuivait quelqu'un, et choquant ses brosses l'une contre l'autre du côté des barbes ; je compris alors que c'était le fameux M. Berbiguier de Terre-Neuve du Thym, qui faisait la chasse aux farfadets ; j'étais fort inquiet de ce qui allait arriver, il semblait que cet hétéroclite individu eût la faculté de voir l'invisible, il me suivait exactement, et j'avais toutes les peines du monde à lui échapper. Enfin, il m'accula dans une encoignure, il brandit ses deux fatales brosses, des millions de dards me criblèrent l'âme, chaque crin faisait un trou, la douleur était insoutenable : oubliant que je n'avais ni langue, ni poitrine, je fis de merveilleux efforts pour crier ; et… »

Onuphrius en était là de son rêve lorsque j'entrai dans l'atelier : il criait effectivement à pleine gorge ; je le secouai, il se frotta les yeux et me regarda d'un air hébété ; enfin il me reconnut, et me raconta, ne sachant trop s'il avait veillé ou dormi, la série de ses tribulations que l'on vient de lire ; ce n'était pas, hélas ! les dernières qu'il devait éprouver réellement ou non. Depuis cette nuit fatale, il resta dans un état d'hallucination presque perpétuel qui ne lui permettait pas de distinguer ses rêveries d'avec le vrai. Pendant qu'il dormait, Jacintha avait envoyé chercher le portrait ; elle aurait bien voulu y aller elle-même, mais sa robe tachée l'avait trahie auprès de sa tante, dont elle n'avait pu tromper la surveillance.

Onuphrius, on ne peut plus désappointé de ce contre-temps, se jeta dans un fauteuil, et, les coudes sur la table, se prit tristement à réfléchir ; ses regards flottaient devant lui sans se fixer particulièrement sur rien : le hasard fit qu'ils tombèrent sur une grande glace de Venise à bordure de cristal, qui garnissait le fond de l'atelier ; aucun rayon de jour ne venait s'y briser, aucun objet ne s'y réfléchissait assez exactement pour que l'on pût en apercevoir les contours : cela faisait un espace vide dans la muraille, une fenêtre ouverte sur le néant, d'où l'esprit pouvait plonger dans les mondes imaginaires. Les prunelles d'Onuphrius fouillaient ce prisme profond et sombre, comme pour en faire jaillir quelque apparition. Il se pencha, il vit son reflet double, il pensa que c'était une illusion d'optique ; mais, en examinant plus attentivement, il trouva que le second reflet ne lui ressemblait en aucune façon ; il crut que quelqu'un était entré dans l'atelier sans qu'il l'eût entendu : il se retourna. Personne. L'ombre continuait cependant à se projeter dans la glace, c'était un homme pâle, ayant au doigt un gros rubis, pareil au mystérieux rubis qui avait joué un rôle dans les fantasmagories de la nuit précédente. Onuphrius commençait à se sentir mal à l'aise. Tout à coup le reflet sortit de la glace, descendit dans la chambre, vint droit à lui, le força à s'asseoir, et, malgré sa résistance, lui enleva le dessus de la tête comme on ferait de la calotte d'un pâté. L'opération finie, il mit le morceau dans sa poche, et s'en retourna par où il était venu. Onuphrius, avant de le perdre tout à fait de vue dans les profondeurs de la glace, apercevait encore à une distance incommensurable son rubis qui brillait comme une comète. Du reste, cette espèce de trépan ne lui avait fait aucun mal. Seulement, au bout de quelques minutes, il entendit un bourdonnement étrange au-dessus de sa tête ; il leva les yeux, et vit que c'étaient ses idées qui, n'étant plus contenues par la voûte du crâne, s'échappaient en désordre comme des oiseaux dont on ouvre la cage. Chaque idéal de femme qu'il avait rêvé sortit avec son costume, son parler, son attitude (nous devons dire à la louange d'Onuphrius qu'elles avaient l'air de sœurs jumelles de Jacintha), les héroïnes des romans qu'il avait projetés ; chacune de ces dames avait son cortège d'amants, les unes en cotte armoriée du moyen âge, les autres en chapeaux et en robe de dix-huit cent trente-deux. Les types qu'il avait créés grandioses, grotesques ou monstrueux, les esquisses de ses tableaux à faire, de toute nation et de tout temps, ses idées métaphysiques sous la forme de petites bulles de savon, les réminiscences de ses lectures, tout cela sortit pendant une heure au moins : l'atelier en était plein. Ces dames et ces messieurs se promenaient en long et en large sans se gêner le moins du monde, causant, riant, se disputant, comme s'ils eussent été chez eux.

Onuphrius, abasourdi, ne sachant où se mettre, ne trouva rien de mieux à faire que de leur céder la place ; lorsqu'il passa sous la porte, le concierge lui remit deux lettres ; deux lettres de femmes, bleues, ambrées, l'écriture petite, le pli long, le cachet rose.

La première était de Jacintha, elle était conçue ainsi

« Monsieur, vous pouvez bien avoir mademoiselle de *** pour maîtresse si cela vous fait plaisir ; quant à moi, je ne veux plus l'être, tout mon regret est de l'avoir été. Vous m'obligerez beaucoup de ne pas chercher à me revoir. »

Onuphrius était anéanti ; il comprit que c'était la maudite ressemblance du portrait qui était cause de tout ; ne se sentant pas coupable, il espéra qu'avec le temps tout s'éclaircirait à son avantage. La seconde lettre était une invitation de soirée.

— Bon ! dit-il, j'irai, cela me distraira un peu et dissipera toutes ces vapeurs noires. L'heure vint ; il s'habilla, la toilette fut longue ; comme tous les artistes (quand ils ne sont pas sales à faire peur), Onuphrius était recherché dans sa mise, non que ce fût un fashionable, mais il cherchait à donner à nos pitoyables vêtements un galbe pittoresque, une tournure moins prosaïque. Il se modelait sur un beau Van Dyck qu'il avait dans son atelier, et vraiment il y ressemblait à s'y méprendre. On eût dit le portrait descendu du cadre ou la réflexion de la peinture dans un miroir.

Il y avait beaucoup de monde ; pour arriver à la maîtresse de la maison il lui fallut fendre un flot de femmes, et ce ne fut pas sans froisser plus d'une dentelle, aplatir plus d'une manche, noircir plus d'un soulier, qu'il y put parvenir ; après avoir échangé les deux ou trois banalités d'usage, il tourna sur ses talons, et se mit à chercher quelque figure amie dans toute cette cohue. Ne trouvant personne de connaissance, il s'établit dans une causeuse à l'embrasure d'une croisée, d'où, à demi caché par les rideaux, il pouvait voir sans être vu, car depuis la fantastique évaporation de ses idées, il ne se souciait pas d'entrer en conversation ; il se croyait stupide quoiqu'il n'en fût rien ; le contact du monde l'avait remis dans la réalité.

La soirée était des plus brillantes, Un coup d'œil magnifique ! cela reluisait, chatoyait, scintillait ; cela bourdonnait, papillonnait, tourbillonnait. Des gazes comme des ailes d'abeilles, des tulles, des crêpes, des blondes, lamés, côtelés, ondés, découpés, déchiquetés à jour ; toiles d'araignée, air filé, brouillard tissu de l'or et de l'argent, de la soie et du velours, des paillettes, du clinquant, des fleurs, des plumes, des diamants et des perles ; tous les écrins vidés, le luxe de tous les mondes à contribution. Un beau tableau, sur ma foi ! les girandoles de cristal étincelaient comme des étoiles ; des gerbes de lumière, des iris prismatiques s'échappaient des pierreries ; les épaules des femmes, lustrées, satinées, trempées d'une molle sueur, semblaient des agates ou des onyx dans l'eau ; les yeux papillotaient, les gorges battaient la campagne, les mains s'étreignaient, les têtes penchaient, les écharpes allaient au vent, c'était le beau moment ; la musique étouffée par les voix, les voix par le frôlement des petits pieds sur le parquet et le frou frou des robes, tout cela formait une harmonie de fête, un bruissement joyeux à enivrer le plus mélancolique, à rendre fou tout autre qu'un fou.

Pour Onuphrius, il n'y prenait pas garde, il songeait à Jacintha.

Tout à coup son œil s'alluma, il avait vu quelque chose d'extraordinaire : un jeune homme qui venait d'entrer ; il pouvait avoir vingt-cinq ans, un frac noir, le pantalon pareil, un gilet de velours rouge taillé en pourpoint, des gants blancs, un binocle d'or, des cheveux en brosse, une barbe rousse à la Saint-Mégrin, il n'y avait là rien d'étrange, plusieurs merveilleux avaient le même costume ; ses traits étaient parfaitement réguliers, son profil fin et correct eût fait envie à plus d'une petite-maîtresse, mais il y avait tant d'ironie dans cette bouche pâle et mince, dont les coins fuyaient perpétuellement sous l'ombre de leurs moustaches fauves, tant de méchanceté dans cette prunelle qui flamboyait à travers la glace du lorgnon comme l'œil d'un vampire, qu'il était impossible de ne pas le distinguer entre mille.

Il se déganta. Lord Byron ou Bonaparte se fussent honorés de sa petite main aux doigts ronds et effilés, si frêle, si blanche, si transparente, qu'on eût craint de la briser en la serrant ; il portait un gros anneau à l'index, le chaton était le fatal rubis ; il brillait d'un éclat si vif, qu'il vous forçait à baisser les yeux.

Un frisson courut dans les cheveux d'Onuphrius.

La lumière des candélabres devint blafarde et verte ; les yeux des femmes et les diamants s'éteignirent ; le rubis radieux étincelait seul au milieu du salon obscurci comme un soleil dans la brume.

L'enivrement de la fête, la folie du bal étaient au plus haut degré ; personne, Onuphrius excepté, ne fit attention à cette circonstance ; ce singulier personnage se glissait comme une ombre entre les groupes, disant un mot à celui-ci, donnant une poignée de main à celui-là, saluant les femmes avec un air de respect dérisoire et de galanterie exagérée qui faisait rougir les unes et mordre les lèvres aux autres ; on eût dit que son regard de lynx et de loup-cervier plongeait au profond de leur cœur ; un satanique dédain perçait dans ses moindres mouvements, un imperceptible clignement d'œil, un pli du front, l'ondulation des sourcils, la proéminence que conservait toujours sa lèvre inférieure, même dans son détestable demi-sourire, tout trahissait en lui, malgré la politesse de ses manières et l'humilité de ses discours, des pensées d'orgueil qu'il aurait voulu réprimer.

Onuphrius, qui le couvait des yeux, ne savait que penser ; s'il n'eût pas été en si nombreuse compagnie, il aurait eu grand'peur.

Il s'imagina même un instant reconnaître le personnage qui lui avait enlevé le dessus de la tête ; mais il se convainquit bientôt que c'était une erreur. Plusieurs personnes s'approchèrent, la conversation s'engagea ; la persuasion où il était qu'il n'avait plus d'idées les lui ôtait effectivement ; inférieur à lui-même, il était au niveau des autres ; on le trouva charmant et beaucoup plus spirituel qu'à l'ordinaire. Le tourbillon emporta ses interlocuteurs, il resta seul ; ses idées prirent un autre cours ; il oublia le bal, l'inconnu, le bruit lui-même et tout ; il était à cent lieues.

Un doigt se posa sur son épaule, il tressaillit comme s'il se fût réveillé en sursaut. Il vit devant lui madame de *** qui depuis un quart d'heure se tenait debout sans pouvoir attirer son attention.

– Eh bien ! monsieur, à quoi pensez-vous donc ? À moi, peut-être ?

– À rien, je vous jure.

Il se leva, madame de *** prit son bras ; ils firent quelques tours. Après plusieurs propos :

– J'ai une grâce à vous demander.

– Parlez, vous savez bien que je ne suis pas cruel surtout avec vous.

— Récitez à ces dames la pièce de vers que vous m'avez dite l'autre jour, je leur en ai parlé, elles meurent d'envie de l'entendre.

À cette proposition, le front d'Onuphrius se rembrunit, il répondit par un non bien accentué ; madame de *** insista comme les femmes savent insister. Onuphrius résista autant qu'il le fallait pour se justifier à ses propres yeux de ce qu'il appelait une faiblesse, et finit par céder, quoique d'assez mauvaise grâce.

Madame de ***, triomphante, le tenant par le bout du doigt pour qu'il ne pût s'esquiver, l'amena au milieu du cercle, et lui lâcha la main ; la main tomba comme si elle eût été morte. Onuphrius, décontenancé, promenait autour de lui des regards mornes et effarés comme un taureau sauvage que le picador vient de lancer dans le cirque. Le dandy à barbe rouge était là, retroussant ses moustaches et considérant Onuphrius d'un air de méchanceté satisfaite. Pour faire cesser cette situation pénible, madame de *** lui fit signe de commencer. Il exposa le sujet de sa pièce, et en dit le titre d'une voix assez mal assurée. Le bourdonnement cessa, les chuchotements se turent, on se disposa à écouter, un grand silence se fit.

Onuphrius était debout, la main sur le dos d'un fauteuil qui lui servait comme de tribune. Le dandy vint se placer tout à côté, si près qu'il le touchait : quand il vit qu'Onuphrius allait ouvrir la bouche, il tira de sa poche une spatule d'argent et un réseau de gaze, emmanché à l'un de ses bouts d'une petite baguette d'ébène ; la spatule était chargée d'une substance mousseuse et rosâtre, assez semblable à la crème qui remplit les meringues, qu'Onuphrius reconnut aussitôt pour des vers de Dorat, de Boufflers, de Bernis et de M. le chevalier de Pezay, réduits à l'état de bouillie ou de gélatine. Le réseau était vide.

Onuphrius, craignant que le dandy ne lui jouât quelque tour, changea le fauteuil de place, et s'assit dedans ; l'homme aux yeux verts vint se planter juste derrière lui ; ne pouvant plus reculer, Onuphrius commença. À peine la dernière syllabe du premier vers s'était-elle envolée de sa lèvre, que le dandy, allongeant son réseau avec une dextérité merveilleuse, la saisit au vol, et l'intercepta avant que le son eût le temps de parvenir à l'oreille de l'assemblée ; et puis, brandissant sa spatule, il lui fourra dans la bouche une cuillerée de son insipide mélange. Onuphrius eût bien voulu s'arrêter ou se sauver mais une chaîne magique le clouait au fauteuil. Il lui fallut continuer et cracher cette odieuse mixture en friperies mythologiques et en madrigaux quintessenciés. Le manège se renouvelait à chaque vers ; personne, cependant, n'avait l'air de s'en apercevoir.

Les pensées neuves, les belles rimes d'Onuphrius, diaprées de mille couleurs romantiques, se débattaient et sautelaient dans la résille comme des poissons dans un filet ou des papillons sous un mouchoir.

Le pauvre poëte était à la torture, des gouttes de sueur ruisselaient de ses tempes. Quand tout fut fini, le dandy prit délicatement les rimes et les pensées d'Onuphrius par les ailes et les serra dans son portefeuille.

– Bien, très-bien, dirent quelques hommes poëtes ou artistes en se rapprochant d'Onuphrius, un délicieux pastiche, un admirable pastel, du Watteau tout pur, de la régence à s'y tromper, des mouches, de la poudre et du fard, comment diable as-tu fait pour grimer ainsi ta poésie ? C'est d'un rococo admirable ; bravo, bravo, d'honneur, une plaisanterie fort spirituelle ! Quelques dames l'entourèrent et dirent aussi : Délicieux ? en ricanant d'une manière à montrer qu'elles étaient au-dessus de semblables bagatelles quoique au fond du cœur elles trouvassent cela charmant et se fussent très-fort accommodées d'une pareille poésie pour leur consommation particulière.

– Vous êtes tous des brigands ! s'écria Onuphrius d'une voix de tonnerre en renversant sur le plateau le verre d'eau sucrée qu'on lui présentait. C'est un coup monté, une mystification complète ; vous m'avez fait venir ici pour être le jouet du Diable, oui, de Satan en personne, ajouta-t-il en désignant du doigt le fashionable à gilet écarlate.

Après cette algarade, il enfonça son chapeau sur ses yeux et sortit sans saluer.

– Vraiment, dit le jeune homme en refourrant sous les basques de son habit une demie-aune de queue velue qui venait de s'échapper et qui se déroulait en frétillant, me prendre pour le diable, l'invention est plaisante ! Décidément, ce pauvre Onuphrius est fou. Me ferez-vous l'honneur de danser cette contredanse avec moi, mademoiselle ? reprit-il, un instant après, en baisant la main d'une angélique créature de quinze ans, blonde et nacrée, un idéal de Lawrence.

– Oh ! mon Dieu, oui, dit la jeune fille avec son sourire ingénu, levant ses longues paupières soyeuses laissant nager vers lui ses beaux yeux couleur du ciel.

Au mot Dieu, un long jet sulfureux s'échappa du rubis, la pâleur du réprouvé doubla ; la jeune fille n'en vit rien et quand elle l'aurait vu ? elle l'aimait !

Quand Onuphrius fut dans la rue, il se mit à courir de toutes ses forces ; il avait la fièvre, il délirait, il parcourut au hasard une infinité de ruelles et de passages. Le ciel était orageux, les girouettes grinçaient, les volets battaient les murs, les marteaux des portes retentissaient, les vitrages s'éteignaient successivement ; le roulement des voitures se perdait dans le lointain, quelques piétons attardés longeaient les maisons, quelques filles de joie traînaient leurs robes de gaze dans la boue ; les réverbères, bercés par le vent, jetaient des lueurs rouges et échevelées sur les ruisseaux gonflés de pluie ; les oreilles d'Onuphrius tintaient ; toutes les rumeurs étouffées de la nuit, le ronflement d'une ville qui dort, l'aboi d'un chien, le miaulement d'un matou, le son de la goutte d'eau tombant du toit, le quart sonnant à l'horloge gothique, les lamentations de la bise, tous ces bruits du silence agitaient convulsivement ses fibres, tendues à rompre par les événements de la soirée. Chaque lanterne était un œil sanglant qui l'espionnait ; il croyait voir grouiller dans l'ombre des formes sans nom, pulluler sous ses pieds des reptiles immondes ; il entendait des ricanements diaboliques, des chuchotements mystérieux. Les maisons valsaient autour de lui ; le pavé ondait, le ciel s'abaissait comme une coupole dont on aurait brisé les colonnes ; les nuages couraient, couraient, couraient, comme si le Diable les eût emportés ; une grande cocarde tricolore avait remplacé la lune. Les rues et les ruelles s'en allaient bras dessus bras dessous, caquetant comme de vieilles portières ; il en passa beaucoup de la sorte. La maison de madame de *** passa. On sortait du bal, il y avait encombrement à la porte ; on jurait, on appelait les équipages. Le jeune homme au réseau descendit ; il donnait le bras à une dame ; cette dame n'était autre que Jacintha ; le marchepied de la voiture s'abaissa, le dandy lui présenta la main ; ils montèrent ; la fureur d'Onuphrius était au comble ; décidé à éclaircir cette affaire, il croisa ses bras sur sa poitrine, et se planta au milieu du chemin. Le cocher fit claquer son fouet, une myriade d'étincelles jaillit du pied des chevaux. Ils partirent au galop ; le cocher cria : Gare ! il ne se dérangea pas : les chevaux étaient lancés trop fort pour qu'on pût les retenir. Jacintha poussa un cri ; Onuphrius crut que c'était fait de lui ; mais chevaux, cocher, voiture, n'étaient qu'une vapeur que son corps divisa comme l'arche d'un pont fait d'une masse d'eau qui se rejoint ensuite. Les morceaux du fantastique équipage se réunirent à quelques pas derrière lui, et la voiture continua à rouler comme s'il ne fût rien arrivé. Onuphrius, atterré, la suivit des yeux : il entrevit Jacintha, qui, ayant levé le store, le regardait d'un air triste et doux, et le dandy à barbe rouge qui riait comme une hyène ; un angle de la rue l'empêcha d'en voir davantage ; inondé de sueur, pantelant, crotté jusqu'à l'échine, pâle, harassé de fatigue et vieilli de dix ans, Onuphrius regagna péniblement le logis. Il faisait grand jour comme la veille ; en mettant le pied sur le seuil il tomba évanoui. Il ne sortit de sa pâmoison qu'au bout d'une heure ; une fièvre furieuse y succéda. Sachant Onuphrius en danger, Jacintha oublia bien vite sa jalousie et sa promesse de ne plus le voir ; elle vint s'établir au chevet de son lit, et lui prodigua les soins et les caresses les plus tendres. Il ne la reconnaissait pas ; huit jours se passèrent ainsi ; la fièvre diminua ; son corps se rétablit, mais non pas sa raison ; il s'imaginait que le Diable lui avait escamoté son corps, se fondant sur ce qu'il n'avait rien senti lorsque la voiture lui avait passé dessus.

L'histoire de Pierre Schlemil, dont le diable avait pris l'ombre ; celle de la nuit de Saint-Sylvestre, où un homme perd son reflet, lui revinrent en mémoire ; il s'obstinait à ne pas voir son image dans les glaces et son ombre sur le plancher, chose toute naturelle, puisqu'il n'était qu'une substance impalpable ; on avait beau le frapper, le pincer, pour lui démontrer le contraire, il était dans un état de somnambulisme et de catalepsie qui ne lui permettait pas de sentir même les baisers de Jacintha.

La lumière s'était éteinte dans la lampe ; cette belle imagination, surexcitée par des moyens factices, s'était usée en de vaines débauches ; à force d'être spectateur de son existence, Onuphrius avait oublié celle des autres, et les liens qui le rattachaient au monde s'étaient brisés un à un.

Sorti de l'arche du réel, il s'était lancé dans les profondeurs nébuleuses de la fantaisie et de la métaphysique ; mais il n'avait pu revenir avec le rameau d'olive ; il n'avait pas rencontré la terre sèche où poser le pied et n'avait pas su retrouver le chemin par où il était venu ; il ne put, quand le vertige le prit d'être si haut et si loin, redescendre comme il l'aurait souhaité, et renouer avec le monde positif. Il eût été capable, sans cette tendance funeste, d'être le plus grand des poëtes ; il ne fut que le plus singulier des fous. Pour avoir trop regardé sa vie à la loupe, car son fantastique, il le prenait presque toujours dans les événements ordinaires, il lui arriva ce qui arrive à ces gens qui aperçoivent, à l'aide du microscope, des vers dans les aliments les plus sains, des serpents dans les liqueurs les plus limpides. Ils n'osent plus manger ; la chose la plus naturelle, grossie par son imagination, lui paraissait monstrueuse.

M. le docteur Esquirol fit, l'année passée, un tableau statistique de la folie.

Fous par amour	Hommes	2	Femmes	60
— par dévotion	—	6	—	20
— par politique	—	48	—	3
— perte de fortune	—	27	—	24
Pour cause inconnue	—	1		

Celui-là, c'est notre pauvre ami.

Et Jacintha ? Ma foi elle pleura quinze jours, fut triste quinze autres, et, au bout d'un mois, elle prit plusieurs amants, cinq ou six, je crois, pour faire la monnaie d'Onuphrius ; un an après, elle l'avait totalement oublié, et ne se souvenait même plus de son nom. N'est-ce pas, lecteur, que cette fin est bien commune pour une histoire extraordinaire ? Prenez-la ou laissez-la, je me couperais la gorge plutôt que de mentir d'une syllabe.